DIE ABENTEUER VON MARA
ANJA UND VANESSA

DIE ENTFÜHRUNG

Georg Hartmann

Kapitelverzeichnis

Kapitel 1

Elena..Seite 7

Kapitel 2

Die Entführung...............................Seite 18

Kapitel 3

In Warschau.................................Seite 29

Kapitel 4

In den Händen der Entführer............Seite 40

Kapitel 5

Die Befreiung............................... Seite 53

Kapitel 6

Wieder zurück im Schwarzwald..........Seite 62

I

Kapitel 1

Elena

In unserer Straße in Gengenbach wohnte eine nette ältere Witwe. Sie stammte aus Russland und war vor vielen Jahren mit ihrem Mann in den Westen ausgereist, weil ihnen die Verhältnisse im ehemaligen Sowjetreich nicht mehr gefallen hatten. Nach eigener Auskunft fühlten sich beide in Deutschland sicherer und wohler.

In Baden-Baden gab es eine größere und sehr reiche russische Gemeinschaft, die in dieser mittelgroßen Stadt über teuersten Immobilienbesitz verfügt. Diese Russen zählten zu den Gewinnern im System Putin. Unter Jelzin und Putin hatte sich neben der Nomenklatura ein Oligarchensystem gebildet, das mit hoch-kriminellen Methoden unglaubliche Milliarden-beträge angehäuft hatte. Putin selbst war Mittelpunkt dieser mafiösen Struktur. Doch mit seinem wachsenden Einfluss wurde er vielen Oligarchen unheimlich und so brachten die meisten riesige Geldbeträge im Westen in Sicherheit, vor allem in London, wo die Frauen und Kinder dieser Mega-Reichen eine ideale westliche Spielwiese mit sämtlichen demokratischen Freiheiten vorfanden, wie sie so in Russland nicht existierte.

Die russische Witwe kam ab und zu in den Dunstkreis dieser exklusiven Gesellschaft in Baden-Baden und fing an, diesen russischen Diktator immer sympathischer zu finden.

Langsam war Putin für sie zum Heilsbringer geworden, gemeinsam mit seinem diabolisch-verlogenen Außenminister *Lawrow*, dem Verkünder und Propheten unumstößlicher Wahrheiten.

Während sie *Gorbatschow* verachtete, weil er ihre schöne große Sowjetunion zerstört hatte, erschien ihr Putin immer mehr wie ein rettender Engel. Putin hatte in vielen seiner Reden versprochen, Russland wieder groß zu machen.

Damit kam er beim russischen Volk gut an.

Und mit den Öl- und Gas-Milliarden war es ihm gelungen, in Russland einigen Wohlstand zu schaffen.

Als er dann noch die Krim annektierte, kannte der Beifall der meisten Russen keine Grenzen mehr. Diese Annexion machte ihn in den Augen der meisten Russen zum Nationalhelden. Er nahm auch dem kleinen Georgien noch einige Grenzgebiete ab. Und dann wagte er sich an seinen nächsten großen Coup, die Einverleibung der ganzen Ukraine.

Die russische Witwe war nach all der Propaganda nicht mehr in der Lage, diesen Überfall und diesen grausamen Krieg zu verurteilen, obwohl sie im westlichen Fernsehen fundierte Gegendarstellungen hätte sehen können.

Es gibt viele Russen in Deutschland und viele Russlanddeutsche, die trotz internationaler Berichterstattung noch immer an Putin glauben und die sogar für sein Schreckensregime in aller Öffentlichkeit demonstrieren.

Aus diesem Grund hatte es unsere Familie unterlassen, mit ihr über den Ukraine-Konflikt zu sprechen.

Als dann die ersten ukrainischen Flüchtlinge auch im Schwarzwald auftauchten, hatte sie zur großen Überraschung aller eine junge geflüchtete Mutter mit Kind aufgenommen. Platz hatte sie genügend, schließlich bewohnte sie ganz allein ein großes Haus.

Bei ihr war dann eine junge ukrainische Lehrerin mit ihrer sechsjährigen Tochter eingezogen.

Wir hatten aber gehört, dass die junge Frau Schwierigkeiten hatte, weil die Witwe den Krieg Putins gegen die Ukraine in höchsten Tönen lobte und ihren Gast hartnäckig und gnadenlos von Putins Wohltätigkeit und Friedensmission überzeugen wollte, so nach dem Motto:
Von Putin lernen, heißt siegen lernen.

Mami hatte die junge Ukrainerin einmal zum Kaffee eingeladen, die hervorragend Deutsch und Englisch sprach. Dabei erfuhren wir von der angespannten und quälenden Situation im Haus der russischen Witwe.

Wir beschlossen, diese junge Frau und ihre Tochter sofort bei uns aufzunehmen.

Schon eine Stunde später waren beide bei uns eingezogen.

Elena war eine wirklich angenehme, freundliche und gebildete Person. Sie sah gut aus und war seit sieben Jahren verheiratet. Ihr Mann war Major der Luftwaffe in der ukrainischen Armee und kämpfte gegen den russischen Einmarsch.

Ihre Tochter Anna war ein intelligentes, freundliches und hilfsbereites Mädchen.

Wir schlossen schnell Freundschaft und freuten uns, zwei so nette Personen in unseren Haushalt aufgenommen zu haben.

Ab und zu nahmen wir an den Chats von Elena und ihrem Mann teil. Er freute sich, dass seine Frau und seine Tochter so gut untergekommen waren, und er freute sich auch, dass wir so große Sympathien für die Ukraine hatten.

Einmal beklagte er sich, dass die ukrainische Luftwaffe nahezu vernichtet war. Er machte sich viele Gedanken, welchen Beitrag er jetzt für die Verteidigung der Ukraine leisten konnte. Da gab ich ihm den Tipp, sich bei dem Generalmajor in Kiew zu melden, der neue Fluggeräte aus Kanada bekommen hatte. Elenas Mann erklärte uns, dass er davon schon gehört hatte. In der ukrainischen Luftwaffe kursierte außerdem das Gerücht, dass drei Mädchen mit diesen Fluggeräten 66 russische Panzer und 9 russische Raketenwerfer innerhalb von wenigen Minuten außer Gefecht gesetzt hatten.

Er lachte und sagte:

„Meiner Ansicht nach ist das nur ein Gerücht aus dem Bereich der Fantasie und der Märchen, denn in der Realität ist so eine Aktion völlig undurchführbar."

Seine Aussage reizte mich, selbst auf die Gefahr hin, dass unser Dialog vom russischen Geheimdienst abgehört wurde. Zur Sicherheit wollte ich das weiterführende Gespräch mit dem Handy von Elena führen. Mir ging es vor allem darum, die Identität von Anja, Vanessa und mir vor den Russen, so gut es ging, zu verschleiern, denn der russische Geheimdienst operierte weltweit, hatte auch die ukrainische Armee unterwandert und war unberechenbar und grausam.

Eigentlich konnte ich davon ausgehen, dass der KGB beziehungsweise das FSB schon von uns wusste.

Ich bot Elenas Ehemann an, ein Geheimnis anzuvertrauen, aber nur unter der Bedingung eines heiligen Eids der Verschwiegenheit, so weit das im Internet möglich ist.

Er war für den ersten Moment etwas verdutzt. Aber als ihn seine Frau im Vertrauen auf meine Ehrlichkeit aufforderte, diesem heiligen Eid nachzukommen, folgte er zögernd, hob die Hand zum Schwur und versprach, dass nun folgende Geheimnis für sich zu behalten.

Zur Sicherheit wollte ich das Geheimnis nicht als Sprachnachricht, sondern als Bild mit Text übermitteln.

Selbst Elena wusste nicht, was jetzt kommen würde.

Ich nahm das Handy von Elena, hielt es vor mein Gesicht und schaute ihn an.

Dann tippte ich folgenden Text ein:

„Was würdest du sagen, wenn du in diesem Augenblick in die Augen eines jener Mädchen schauen würdest, die damals die russischen Panzer und die Raketenwerfer lahmlegten."

Elenas Mann las die Mitteilung und war offensichtlich sehr verunsichert. Er wusste nicht, was er sagen sollte.

Auch Elena schaute mich für einige Augenblicke sehr ungläubig an.

Dann schrieb ihr Mann zurück:

„Was soll das jetzt bedeuten?"

Elenas Mann rieb sich die Stirn und schüttelte den Kopf.

Ich schrieb zurück:

„Das bedeutet, dass du gerade in die Augen eines jener Mädchen geschaut hast, das bei dieser Aktion dabei gewesen war. Warte einen Augenblick, dann werde ich dir etwas sehr Interessantes zeigen."

Ich lief in mein Zimmer und holte die Schatulle mit dem Goldenen Stern.

Dann hielt ich den ukrainischen Orden in die Kamera.

Elenas Mann starrte ungläubig auf den höchsten Orden der Ukraine.

So etwas hatte er noch nicht erlebt.

Elena, die neben mir saß, nahm staunend die Auszeichnung in die Hand und betrachtete sie aufmerksam.

Dann schaute sie mich lange an.

Ich schrieb:

„Also, was sagst du jetzt."

Elena legte den Orden zur Seite, umarmte mich und weinte mir ein herzliches Dankeschön ins Ohr. Sie war so ergriffen, dass auch ihr Mann sich mit dem Handrücken die Tränen wegwischte.

Dann brach die Verbindung zu ihm ab.

Hatte der russische Geheimdienst die Verbindung unterbrochen?

Ich machte mir keine zu großen Sorgen, denn der Chat auf dem Handy Elenas musste auch dem russischen Geheimdienst zu fantastisch und skurril vorgekommen sein.

Elena konnte es nicht glauben, bei einer *Heldin der Ukraine* zu wohnen. Als ich ihr ein paar Szenen aus den zwei Abenden auf dem *Maidan-Platz* über *Screen-Mirroring* auf dem Fernsehgerät zeigte, war sie tief ergriffen.

Sie hatte von diesen zwei Abenden gehört, hätte aber nie und nimmer geglaubt, mit jemandem in Kontakt zu kommen, der diese Abende veranstaltet hatte.

Die letzten Minuten waren für Elena ein bisschen viel gewesen, deshalb ging sie auch etwas früher ins Bett.

Als sie am nächsten Tag am Frühstückstisch erschien, stand ich auf und umarmte sie. Auch Mami war aufgestanden und schloss sie anschließend lange in die Arme.

Um sie zu beruhigen, sagte ich:

„Elena, du, deine Tochter und dein Mann, ihr seid immer herzlich willkommen in unserer Familie."

Elena war noch etwas aufgewühlt von den Enthüllungen des letzten Abends.

Als ich ihr einige Videosequenzen mit den *Jetpacks* zeigte, beruhigte sie sich etwas, denn nun erschien ihr der höchste Orden der Ukraine nicht mehr so unglaublich.

Während des ganzen Tages nahm ich sie immer wieder in den Arm, um zu verhindern, dass sie sich vor lauter Ehrfurcht von mir entfremdete.

Ich spürte, dass sie sich langsam daran gewöhnte, dass ich mit meinen zwei Freundinnen eine *Heldin der Ukraine* war.

Ab und zu unternahmen wir drei Erwachsenen mit Marco, Carina und Anna einen kleinen Fahrradausflug an einen glasklaren Baggersee und verbrachten wunderschöne Zeiten bei einem fantastischen Picknick.

Auch Daddy freute sich, denn mit Elena konnten wir uns hervorragend unterhalten und neue Perspektiven aus dem ukrainischen Alltag erfahren.

Daddy und Mami meldeten Elena an der Realschule als Deutschlehrerin für Ausländerkinder und als reguläre Englischlehrerin an. Sie hatte Glück. An der Schule waren zwei

Lehrstellen für Englisch unbesetzt. Deshalb wurde sie ohne großen bürokratischen Aufwand sofort genommen.

Kapitel 2

Die Entführung

Immer wieder erzählte sie uns, dass sie von fremden Männern angesprochen worden war, die ihr eine Wohnung oder eine Stelle als Sekretärin verschaffen wollten.

Die Polizei hatte in den Flüchtlingsunterkünften Flugblätter verteilt und vor Männern gewarnt, die zu freundliche Angebote machten. Leider sind viele Frauen in ihrer Not zu gutgläubig und nichtsahnend.

Einen zwielichtigen Typen beschrieb sie genauer, denn er hatte versucht, zudringlich zu werden.

Wir warnten sie vor diesen Schleppern, die in der Regel nichts Gutes im Sinne hatten. Es gab im Fernsehen immer wieder Meldungen, dass alleinstehende ukrainische Frauen von Menschenhändlern mit falschen Versprechungen ins Rotlichtmilieu gezwungen worden waren.

Eine derartige Erfahrung wollten wir Elena ersparen.

Und so freuten wir uns, dass unser Alltag zufrieden und glücklich ablief und dass auch Elena und ihre Tochter sich wohl fühlten.

Als wir eines Tages am Mittagstisch saßen und auf Elena warteten, kam ein kurzer Anruf und wir hörten, wie Elena um Hilfe rief. Dann brach plötzlich die Verbindung ab.

Was sollten wir tun?

Daddy war im Augenblick im Ausland. Wir Frauen waren auf uns gestellt und befürchteten das Schlimmste.

Ich bat Mami, der Tochter von Elena noch nichts zu sagen, um das Kind nicht zu verschrecken. Dann rannte ich in die Garage und holte das Fahrrad, denn ich wollte die kurze Strecke abfahren, die auch Elena jeden Tag auf dem Weg zur Realschule nutzte.

Auf einem Radweg, der parallel zur Autostraße verlief, sah ich schon von weitem Elenas Fahrrad liegen.

Meine schlimmsten Befürchtungen schienen sich zu bestätigen.

Ich rief sofort die Polizei, die auch kurze Zeit später eintraf. Eine halbe Stunde später kam schon die Spurensicherung. Sie sperrte den Bereich rund um das Fahrrad ab und suchte ausführlich nach verwertbaren Hinweisen.

So wie es aussah, war Elena mit Gewalt vom Fahrrad gerissen und entführt worden.

Das war eindeutig ein Fall für die Polizei.

Doch ich hatte das dunkle Gefühl, die Beamten würden sich nicht couragiert genug mit diesem Fall beschäftigen.

Hier war höchste Eile geboten.

Selbstverständlich unterrichtete ich sofort Mami, die nach dieser Mitteilung fast zusammenbrach.

Wichtig war es jetzt, dass sie sich um die Tochter von Elena kümmerte und ihr sagte, dass ihre Mutter kurz in die Ukraine gefahren sei.

Nun blieb keine andere Wahl, als Marjorie und Gina in Kanada zu informieren, außerdem Anja und Vanessa.

Ein Wettlauf mit der Zeit begann.

Als Anja und ich zur Polizei hasteten, lagen natürlich noch keine Erkenntnisse vor. Ich erklärte dem Beamten, in welcher Beziehung Elena zu meiner Familie stand.

Die Antwort:

„Das ist ja ganz nett und schön, dass Sie so eine gute Beziehung zu dieser jungen, verschwundenen Frau haben, aber aus datenrechtlichen Gründen darf ich außenstehenden

Dritten keine Informationen über die Ermittlungen in diesem Fall geben. Elenas Mann könnte da schon eher einen Antrag einreichen, aber so, wie es aussieht, ist er gerade mit der Abwehr der Russen in der Ukraine beschäftigt.

Es tut uns wirklich sehr leid!

Abgesehen davon hat sich noch nichts Gravierendes ergeben."

Bevor wir die Polizeistation verließen, meinte der Beamte, man habe Haare einer männlichen Person gefunden, die gerade gentechnisch abgeglichen wurden. Eine Auskunft über das Ergebnis sei aber nicht erlaubt. Meine Eltern könnten einen Antrag einreichen, um etwas mehr über die Entführung der verschwundenen Person zu erfahren.

Wir sollten uns in drei Wochen wieder melden.

In diesem Augenblick war es Anja und mir klar, dass wir auf derart langatmige Ergebnisse nicht warten konnten.

Anja fuhr mit mir sofort zu ihrem Vater, der hervorragende Kontakte zur Gerichtsmedizin hatte.

Er sollte einmal nachfragen, wem die Haare, die am Tatort gefunden worden waren, zugeordnet werden konnten.

Anjas Vater versprach, sein Bestes zu tun.

Mutlos kehrten wir zu meiner Mutter zurück.

Still saßen wir um den Tisch und hingen unseren Gedanken nach.

Hier konnten uns nur die Engel helfen.

Dann summte das Handy.

Es war Marjorie, die uns mitteilte, sie würde am nächsten Nachmittag in Frankfurt landen.

Wir waren erleichtert.

Vanessa hatte mir eine SMS geschrieben, dass sie gerade dabei sei, das schnellste Ticket für Europa zu finden.

Eine Stunde später kam ihr Anruf, sie habe gebucht. Sie würde innerhalb der nächsten 18 Stunden in Frankfurt am späten Nachmittag eintreffen.

Am Abend kamen die Eltern Anjas zu uns. Der Vater Anjas hatte von einem guten Kollegen erfahren, dass die gefundenen Haare nach einem Gentest einem Burjaten zugeordnet werden konnten, der zur Zeit in Polen lebte und augenblicklich unter einem polnischen Namen agierte. Er war schon mehrfach vorbestraft und hatte sich vor allem auf den Frauenhandel spezialisiert.

Der gegenwärtige Wohnsitz des Mannes war in der Nähe von Warschau.

Sein letzter Deckname war Leszek Polnarowski.

Laut Polizeiakte war er ein brutaler Schläger, der zumeist bewaffnet und mit mehreren Gefolgsleuten auftrat.

Das sah natürlich nicht gut aus, aber immerhin hatten wir einen Anhaltspunkt. Selbstverständlich wollten wir nicht blindlings vorgehen, aber Anja und ich hielten es für angebracht, mit allen Mitteln die Befreiung Elenas herbeizuführen.

Als Anja und ich am nächsten Vormittag mit Mami und der Mutter von Anja nach Offenburg zum Bahnhof fuhren, standen wir noch einige Zeit am Bahnsteig und diskutierten nachdenklich, bis der ICE einfuhr.

Mami umarmte mich, als würde ich für immer irgendwo hinfahren. Ich hatte größtes Verständnis für ihre Sorgen und ich versprach ihr, gut aufzupassen. Auch Anjas Mutter drückte mich fest an sich und beschwor mich, nicht überstürzt zu handeln.

Ihre Tochter, Vanessa und ich sollten uns nicht Gefahren aussetzen, die wir nicht meistern konnten.

Dem konnte ich nur zustimmen.

Als wir einstiegen und unsere Plätze einnahmen, war uns bewusst, dass wir einer Mission entgegenfuhren, die höchst gefährlich war.

Still und in Gedanken versunken lehnten wir uns zurück und übergaben unseren Fall höheren Mächten.

Ohne ihre Hilfe ist nahezu jede Aktion vergeblich.

Nach gut zwei Stunden kamen wir am *Terminal 1* an. Schnell wurden wir von der Geschäftigkeit des Airports eingesogen und im Menschenstrom mitgenommen bis in die Haupthalle. Dort schauten wir auf die Anzeigentafel für *Arrivals*.

Marjorie hatte uns einen Flug aus Montreal angekündigt. Sie würde um 15.30 Uhr in Frankfurt landen. Vanessas Passagiermaschine käme eine Dreiviertelstunde später.

Um uns die Zeit etwas zu verkürzen, gingen Anja und ich in ein Restaurant. Anschließend tranken wir noch einen Kaffee und lasen Zeitung, denn nichts ist schlimmer, als nervös auf eine Befreiungsaktion zu warten.

Immer wieder ging mir die Frage durch den Kopf:

Wo ist Elena jetzt?

Wie wird sie behandelt?

Ist sie vergewaltigt worden?

Gab es eine Möglichkeit der Befreiung?

Nachdenklich gingen wir zum Arrival-Gate und warteten auf Marjorie. Das Flugzeug war schon gelandet. Sie stand wahrscheinlich an der Gepäckausgabe und würde in den nächsten Minuten bei uns sein.

Als sie dann auftauchte, war unser Erstaunen groß, denn an ihrer Seite befand sich Gina. Damit hatten wir nicht gerechnet.

Freudig liefen Anja und ich den beiden entgegen. Es gab herzliche Umarmungen.

Dann stellten wir uns im Kreis auf, umschlangen uns an den Schultern, schauten uns mutig in die Augen, nickten und Anja sagte auf Englisch, damit auch Gina verstand:

Angels will help us to free Elena!

Dann schlossen wir die Augen und dachten an Elenas Befreiung. So, wie ich fühlte, standen die

Mächte des Himmels bei der Aufklärung dieses Falles auf unserer Seite.

Kurze Zeit später stieß Vanessa zu uns. Nun waren wir vollständig.

Wir stellten uns auch mit Vanessa in einem Kreis auf und Anja wiederholte noch einmal, dass uns Engel bei der Befreiung von Elena helfen würden.

In jeder von uns hallte dieser Satz nach und verschwand in kosmischem Licht.

Da es an diesem Abend keinen Flug mehr nach Polen gab, bestellte Marjorie über ihr Büro in Kanada ein Hotel für uns in Frankfurt. Schon 5 Minuten später erhielten wir die Nachricht aus Halifax, dass für uns im *Radisson Blu Hotel* eine Suite mit fünf Betten zur Verfügung stand.

Wir verließen den Airport und ließen uns mit einem Großraumtaxi ins Hotel bringen.

An diesem Abend hatten wir nicht vor, groß auszugehen. Jede von uns war daran interessiert, Elena möglichst schnell aus den Klauen dieser fürchterlichen Menschenhändler zu befreien.

Als wir alle an einem großen runden Tisch beisammensaßen, erklärte ich den Stand der Ermittlungen. Während wir die wichtigsten

Fragen zu klären versuchten, wurde das Dinner aufgetragen.

Nachdenklich und still nahmen wir die kulinarischen Köstlichkeiten zu uns.

Anschließend gab es noch für alle einen Espresso.

Marjorie sagte:

„Wir wollen morgen so früh wie möglich nach Warschau fliegen!"

Selbstverständlich waren wir einverstanden, denn es war auch in unserem Sinn, keine Zeit zu verlieren.

Marjorie bestellte wieder über ihr Büro in Halifax fünf Flugtickets der ersten Klasse für den nächsten Tag nach Warschau.

Zehn Minuten später kam die Bestätigung. Marjorie hatte bereits die fünf Tickets per WhatsApp erhalten.

Um am nächsten Tag ausgeschlafen zu sein, gingen wir früh zu Bett.

Wir standen frühzeitig auf und nahmen das Frühstück am Buffet ein.

Dann stiegen wir ins Taxi und erreichten kurze Zeit später den Flughafen. Nach minimalen Kontrollen wurden wir zur Gangway des Mittelstrecken-Jets gebracht.

Nach etwas mehr als einer Stunde landeten wir in Warschau.

Kapitel 3

In Warschau

Gina zeigte uns eine SMS ihres Mannes, der uns eine bestimmte Security-Firma empfahl, die wir in jedem Fall besuchen sollten. Mit dieser Firma hatte er schon mehrfach zusammengearbeitet. Er sei persönlich mit dem Chef des Unternehmens bekannt.

Nach dem Aus-checken bestiegen wir wieder ein Taxi und wurden in ein Industriegebiet in einem Vorort von Warschau gebracht. Vor einer neuen, mittelgroßen Halle hielt der Wagen an und wir stiegen aus.

Als wir eintraten, kam uns der Chef bereits entgegen, der uns in ein Konferenzzimmer leitete. Der Mann sagte:

„Ich habe eben einen Anruf von einem früheren Kunden aus Kanada erhalten, dass Sie hier eintreffen würden, weil eine gute Freundin entführt worden sei. Selbstverständlich stehe ich Ihnen mit allen Mitarbeitern und mit allen verfügbaren Waffen und Geräten zur Verfügung. Zum Glück können wir in Polen noch etwas freier operieren als in Deutschland.

Ich habe in den Datenbanken nachgeschaut und unter dem Gesuchten einen gemeingefährlichen Menschenhändler gefunden, der eigentlich für den Rest seines Lebens im Gefängnis sitzen sollte. Eine Auseinandersetzung mit diesem Mann ist sicherlich nicht ungefährlich.

Aus diesem Grund empfehle ich Ihnen, dass sich jede von Ihnen einen Chip einpflanzen lässt, damit wir Sie im Fall des Falles orten können."

Wir waren einverstanden.

„Ich habe zwei Leute abgestellt, die gerade das Umfeld dieses Mannes untersuchen. Sie haben herausgefunden, dass dieser Verbrecher in einer Premium-Tanzbar arbeitet, in der die Mädchen häufig nackt auftreten.

Ich könnte einen meiner Mitarbeiter, dessen Identität noch nicht verbrannt ist, einschleusen. Er sollte im günstigsten Fall Kontakt zu Ihrer Freundin aufnehmen und in jedem Fall auskundschaften, welche Möglichkeiten der Befreiung zur Verfügung stehen."

Wir waren einverstanden.

Wir wurden in eine Art Arztzimmer gebracht, wo uns eine medizinisch geschulte junge Frau mit einem kugelschreibergroßen Gerät Minichips am Oberarm unter die Haut schob.

Anschließend wurde ein Ortungscheck durchgeführt, der ergab, dass alle Chips funktionierten.

So, nun konnte keiner von uns verloren gehen.

In einer größeren Halle zeigte uns der Security-Chef seine neuesten Waffen. Von der Mini-Maschinenpistole bis zum modernsten Sniper-Gewehr war alles vorhanden. Ich interessierte mich vor allem für die Blasrohre und die dazugehörigen Betäubungs-Ampullen. Die Ampullen waren farbig angeordnet.

Die roten waren in verschiedenen Größen für Hunde und Katzen.

Die grünen waren für Menschen mit verschiedenem Körpergewicht und verschiedener Körpergröße.

Wir ließen uns die neuesten Helme zeigen, die mit Nachtsichtgerät und Zieleinrichtungen ausgerüstet waren.

Interessant waren auch knitterfreie Anzüge, in der sich der Beobachter nahezu lautlos bewegen konnte.

Hilfreich erschienen mir Magnesium-Granaten mit hoher Blend-Schockwirkung. Wir verbrachten noch etwa eine Stunde in seinem Shop und kamen dann überein, dass an diesem Abend sein neuer Mitarbeiter die Lage in der Tanzbar auskundschaften sollte.

Azad, der Mann Ginas, hatte bereits von Kanada aus im *Hotel Warszawa* eine Suite mit fünf Betten bestellt. Uns blieb nichts anderes übrig, als dort zu warten.

Zäh und langsam lief die Zeit dahin. So gegen 21.00 Uhr wussten wir, dass der Security-Mitarbeiter in der Tanzbar in Aktion trat.

Angespannt lagen wir in unseren Sesseln und warteten auf ein Zeichen. Um 23:00 Uhr ertönte ein Summton aus Ginas Handy.

Der Angestellte der Security-Firma stand unten in der Lobby und wartete auf uns. Aufgeregt fuhren wir mit dem Aufzug hinunter und setzten uns an einen Tisch. Wir waren gespannt, was er uns zu berichten hatte.

Im Tanzclub arbeiteten in der Regel so um die 15 Frauen. Sie alle hatten im oberen Stockwerk ein Separee, wo auch Sex praktiziert wurde.

Der Chef der Bar war nicht Leszek, sondern ein gepflegter Mann so um die 50 mit hervorragenden Verbindungen zu polnischen Politikern. Dieser hatte bestimmte Leute, die seine Clubs mit Frauen versorgten, denn er hatte noch zwei weitere Live-Sex-Etablissements, eines in Krakau und eines in Danzig (Gdansk). Leszek war nur einer von vielen Zutreibern.

Gespannt hingen wir an den Lippen dieses Mannes und saugten jedes Wort auf, das er sagte. Gespannt warteten wir auf weitere Details.

Wie der Security-Mann in Erfahrung bringen konnte, gab es in den letzten Tagen drei Neuzugänge. Eine davon war eine hübsche blonde Asylantin aus der Ukraine, eine andere aus Moldawien und eine mit unbekannter Herkunft.

Alle fünf waren wir bei dieser Information aufgesprungen.

Am liebsten hätte ich laut gerufen:

„Ja, die Blonde, das ist sie. Wir haben Elena gefunden."

Plötzlich redeten wir wild durcheinander und der Mann von der Security musste einige Zeit warten, bis sich unsere Aufregung gelegt hatte.

Er sagte:

„Ich würde mich freuen, jene Person so schnell gefunden zu haben, die Sie suchen. Leider hatte ich keinen Zugang zu dieser Frau und so kann ich nicht hundertprozentig bestätigen, dass es sich bei dieser Frau um die von Ihnen gesuchte junge Mutter handelt.

Wir müssen uns jetzt überlegen, wie wir an sie herankommen und, vor allem, wie wir sie dort herausholen können.

Psychologisch gesehen wäre es am besten, wenn eine von Ihnen in Kontakt mit der Ukrainerin kommen könnte. Denn dann wüsste sie, dass wir sie suchen, dass wir vor Ort sind und dass wir alles tun werden, um sie zu befreien.

Gleichzeitig könnte die eingeschleuste Person der Entführten helfen, den Ausbruch koordinierter zu gestalten.

Unsere Firma verfügt über Mini-In-Ear-Kopfhörer, mit denen wir mit Ihnen in Kontakt treten könnten.

Lassen Sie es für heute gut sein, wir treffen uns morgen um 9.00 Uhr in unserer Firma. Dann können wir weitere Schritte besprechen.“

Wir diskutierten noch mindestens 2 Stunden lang verschiedene Möglichkeiten der Befreiung, kamen aber zu keiner schlüssigen Aktion.

Aus diesem Grund blieb uns keine andere Option, als bis zum nächsten Morgen zu warten. Völlig aufgedreht gingen wir ins Bett und konnten lange nicht einschlafen.

Nach dem Frühstück am nächsten Morgen ließen wir uns in die Security-Firma fahren. Wir wurden dort schon erwartet. Der Chef des Unternehmens erläuterte uns verschiedene Möglichkeiten.

Er sagte:

„Eine Polizeiaktion scheidet aus, weil in diesem Etablissement zu viele hochrangige Leute mit besten Beziehungen verkehren. Ich hatte das vor Jahren schon einmal versucht, war aber kläglich gescheitert.

Natürlich könnte ich einen Hubschrauber mieten und fünf bewaffnete Spezialisten abseilen lassen, um die Befreiung durchzuführen. Aber auch das wäre in den Augen der Polizei und der Regierung ein unerlaubter, nichtgenehmigter, bewaffneter Einsatz inmitten eines friedlichen Landes.

Es bleibt uns nichts anderes übrig, als jemanden einzuschleusen, der Kontakt mit der Entführten aufnimmt und einen heimlichen Ausbruch vorbereitet.

Für diese Aktion kämen nur die drei jungen Damen infrage."

Er deutete auf uns:

„Ihre deutsche Freundin mit den blonden Haaren scheidet eigentlich aus, weil im Rotlichtmilieu jeder davor zurückschreckt, sich mit Mädchen auseinanderzusetzen, die aus wohlsituierten Gesellschaftsschichten kommen. Nahezu rechtlose Flüchtlinge sind da wesentlich einfacher zu rekrutieren. Aus diesem Grund sind die Bars in der Regel voll mit armen Frauen aus dem Osten oder der Dritten Welt."

Dann schaute er Vanessa und mich an und meinte:

„Sie erfüllen schon eher die Anforderungen, denn bei Ihnen vermutet man, dass Sie irgendwo illegal über die Grenze nach Polen geschleust worden sind, um der Armut in Ihrer Heimat zu entfliehen. In Polen gibt es viele Filipinas. Manche kommen aus dem Milieu in Manila oder Cebu und einige landen hier wieder im Milieu, zum Glück nicht alle.

Wer von euch würde sich die Aufgabe zutrauen?"

Ich nickte.

Ich wollte auf keinen Fall, dass Vanessa in Gefahr geriet.

„Dann wäre der Fall soweit geklärt", meinte der Security-Chef.

„Mein Mitarbeiter, der gestern in der Bar war, hatte dort schon angekündigt, dass er sich mal umschauen wolle, ob auch er ein hübsches Mädchen wüsste, das gut in diese Bar passen würde."

Dann gab er mir das neueste Mini-In-Ear-Gerät.

Außerdem gab er mir einen wesentlich stärkeren Satelliten-Sender mit größerer Reichweite, der aber in die Vagina eingeführt werden musste. Auf diesen Sender konnte ein kleiner, kreisrunder, sternförmiger Ring gesteckt werden, der über 2 mm hohe, rasierklingenartige Messer verfügte. Das Ganze wurde mit einer Schutzkappe getragen. Die Kappe sollte aber nur im Ernstfall abgenommen werden, um einen ersten Vergewaltigungs-Angriff zu verhindern beziehungsweise zu verzögern. Der Sender setzte sofort Alarmsignale ab, wenn er unsanft berührt wurde.

Dieser Sender hatte unter einer Schutzkappe ein kleines Mikrofon.

Neben dem Mikrofon war eine 8 cm lange Nadel, die mit einem sehr effektiven Nervengift präpariert war. Mit dieser Nadel konnten zwei, im Höchstfall drei Angreifer für kurze Zeit außer Gefecht gesetzt werden.

Nach dieser kurzen Erklärung sagte er zu mir:

„Mehr kann ich Ihnen nicht mitgeben, denn es ist davon auszugehen, dass Ihnen alles abgenommen wird.

Sie können sich aber darauf verlassen, dass wir von außen alles registrieren und vorbereiten werden, um die Befreiung Ihrer Freundin so schnell wie möglich herbeizuführen."

Wir begaben uns ins Hotel und warteten auf den Abend.

Ich nahm ein T-Shirt und riss es etwas ein, auch meine Jeans musste so aussehen, als käme ich aus dem Schmuddel-Milieu.

Am Abend kam der Mitarbeiter der Security-Firma, um mich abzuholen.

Noch einmal bildeten wir einen Energiekreis und versuchten für längere Zeit, kosmische Energien aufzunehmen.

Ich umarmte noch einmal alle sehr herzlich und innig.

„Wir werden die Aktion glücklich und erfolgreich zu Ende führen!" sagte ich zu meinen Mitstreiterinnen, bevor ich ging.

Kapitel 4

In den Händen der Entführer

Etwa 500 m vor der Tanzbar bat der Angestellte der Security-Firma, ich solle mich hinten in den Kofferraum legen. Er hatte eine Hanfschnur dabei, die er mir um die Armgelenke wickelte. Die Schnur sollte authentischer wirken und die Handschellen ersetzen.

Kurze Zeit später blieb er stehen, Ich hörte, wie er die Wagentür zuschlug. Dann war längere Zeit Pause. Angespannt versuchte ich, etwas von der Umgebung mitzubekommen, doch im Kofferraum war das aussichtslos. Dann hörte ich kräftige Schritte.

Plötzlich wurde der Kofferraumdeckel aufgemacht und ich wurde von zwei groben Schlägertypen herausgezerrt und auf den Boden geworfen.

Ich versuchte über die Augenwinkel die Situation zu erfassen.

Dann kam anscheinend der Besitzer der Bar im tadellosen Anzug. Ich wurde auf die Beine gestellt und gehalten. Er hatte eine Taschenlampe dabei und leuchtete mich ab.

Dann sagte er zum Mitarbeiter des Security-Büros:

„Für 2.000 Euro nehme ich sie. Du kannst dir im Büro den Betrag geben lassen."

Die zwei Schlägertypen packten mich wie ein Stück Vieh, trugen mich über den Hintereingang in die Bar, öffneten eine Tür und warfen mich in einen ziemlich dunklen Raum.

Nach einiger Zeit bemerkte ich, dass ich alleine war. Langsam wickelte ich mir die Hanfschnur von den Handgelenken.

Wie sollte ich hier Kontakt zu Elena aufnehmen?

Viele Gedanken gingen mir durch den Kopf.

Dann hörte ich plötzlich, dass meine Kopfhörer eingeschaltet wurden.

Der Security-Chef fragte mich nach meinem Befinden.

Ich holte den Sender aus meiner Vagina und flüsterte, dass bis jetzt noch alles okay sei.

Plötzlich hörte ich Geschrei auf dem Gang, die Tür zu meinem Raum wurde geöffnet und eine Frau wurde hereingeworfen.

Schluchzend lag sie auf dem Boden.

Sie sagte kurz etwas zu sich selbst auf Ukrainisch.

Da erkannte ich ihre Stimme. Es war Elena.

Langsam rutschte ich an sie heran, berührte sanft ihre Schulter und flüsterte ihr ins Ohr:

„Hallo Elena, ich bin's, Mara. Wir sind gekommen, um dich hier herauszuholen."

Erst war für einen Augenblick Totenstille.

Elena hatte wahrscheinlich geglaubt, einer Halluzination zu unterliegen.

Erst als ich meinen Satz wiederholte, richtete sie sich auf, versuchte lange im Halbdunkel in meine Augen zu schauen, tastete vorsichtig mein Gesicht ab und umarmte mich dann schluchzend.

Lange hielten wir uns in den Armen.

Dann fragte sie:

„Wie geht es Anna?"

„Keine Sorge, ihr geht es gut. Meine Mutter und meine Geschwister kümmern sich um sie.

Du kannst sie bald wieder in die Arme nehmen."

Elena seufzte erleichtert auf.

„Wo bin ich jetzt?" fragte Elena.

„Du bist von Frauenhändlern nach Polen verschleppt worden. Aber wir bringen dich wieder zurück zu deiner Tochter und zu unserer Familie.

Es wird alles wieder gut."

Plötzlich wurde die Tür aufgerissen und zwei brutale Typen betraten den Raum. Mit Fußtritten wurden wir in den Gang befördert und kamen dann nach ein paar Türen in eine Art Folterkammer, in der schon einige halb nackte Frauen standen und ängstlich wimmerten.

In der Mitte des Raumes war eine Bank, die hell beleuchtet war. Daneben hing an einem Seil ein Haken, der hochgezogen werden konnte.

Suchend ging einer der Schergen auf uns zu und zog wahllos zwei sich heftig wehrende Mädchen aus unserer Gruppe.

Dann sagte er laut und deutlich:

„Heute Abend wollen wir euch zeigen, dass euer Widerstand innerhalb von höchstens drei Sekunden gebrochen ist. Wir können mit euch machen, was wir wollen. Es hat überhaupt keinen Sinn, sich zu wehren."

Er schnallte das eine Mädchen bäuchlings auf die Bank. Dem anderen legte er Handschellen an und hängte sie an den Haken, der von seinen Kumpanen so lange hochgezogen wurde, bis das Mädchen nur noch mit den Zehenspitzen Kontakt zum Boden hatte.

Dann streifte er ihr die Hose und den Slip ab.

Dem Mädchen auf der Bank riss er das T-Shirt herunter. Dann legte er ein Seidentuch auf den Rücken.

Völlig sachlich erklärte er, dass Schläge keine blutigen Striemen hinterlassen, wenn der Körper durch ein Seidentuch abgedeckt ist.

Dann schnallte er noch ein kleines Kissen auf die Lendengegend, um bei einem Schlag die Nieren nicht zu verletzen.

An der Wand hingen verschiedene Peitschen.

Er suchte sich eine etwas dickere Reitpeitsche und prüfte sie in der Hand. Dann nickte er, als wollte er sagen, dass das Format der Peitsche gerade gut genug für seine Demonstration war.

„So, ihr lieben Mädchen, jetzt schaut mal gut zu. Sie hat sich vorhin noch geweigert, aus der Mitte zu treten. Jetzt werdet ihr eine wunderbare Verwandlung innerhalb von Sekundenbruchteilen erleben."

Dann stellte er sich neben dem armen Opfer auf und schlug sich mit der Peitsche noch einmal prüfend leicht auf die Handfläche,

Dann zog er die Peitsche leicht und spielerisch über den Rücken der jungen Frau.

Plötzlich holte er dreimal schnell aus und schlug kräftig zu.

Das Mädchen riss die Augen wie ein stummer Fisch weit auf, öffnete den Mund, als wollte sie schreien. Doch wie ich sehen konnte, war der Schmerz so groß, dass es der jungen Frau im wahrsten Sinne des Wortes die Sprache verschlagen hatte.

Der brutale Henkersknecht nahm das Seidentuch ab und schnallte sein Opfer ab. Er und sein Kumpel drehten sie auf den Rücken und zogen ihr die Beine auseinander.

„So, jetzt kann sie jeder ficken. Die leistet keinen Widerstand mehr!"

Um das zu demonstrieren, ließ er die Hose herunter, zog das Mädchen an sich und verging sich an ihr in einer derart üblen Weise, dass mir fast schlecht wurde.

Elena hielt sich krampfhaft an mir fest.

Bei all diesem Horror grinste der Unhold in die Runde und sagte:

„Demnächst seid ihr alle dran und demnächst tanzt ihr alle nackt auf der Bühne und demnächst seid ihr mit jedem Gast auf der Liege, wenn dieser es wünscht oder wenn wir es befehlen."

Es war totenstill geworden.

Dann wandte sich der Kumpel dem Mädchen am Haken zu.

„So und jetzt schaut mal, wie verrückt die danach ist, gefickt zu werden."

Das Mädchen hing halb ohnmächtig am Haken und versuchte sich mit den Zehen ein bisschen abzustützen, um den höllischen Schmerz an den Handgelenken abzumildern.

Bevor sich dieser Satan dem Mädchen näherte, zog er seine Hose aus und zeigte allen seinen prallen Penis.

Dann ging er auf das Mädchen zu. Als sich dieser teuflische Bursche dem Mädchen näherte, versuchte sie auf seinen Füßen zu stehen. Also er noch etwas näher trat, umschlang sie ihn in ihrer Not mit ihren Beinen. Damit wollte sie den höllischen Schmerz in den Handgelenken lindern. Mit einem lauten hässlichen Lachen schob der Unhold seinen Penis zwischen ihre Beine und zog eine diabolische Nummer mit ihr ab.

Halb bewusstlos vor Schmerz, gab das Mädchen keinen Laut von sich.

Mit einem diabolischen Lachen gab er seinen Kumpanen den Auftrag, den Haken zu Boden zu lassen. Als diese die Handschellen abnahmen, konnte ich sehen, dass die Handgelenke des Mädchens bluteten.

Bewegungslos lag die Ärmste auf dem Boden und gab keinen Laut von sich.

Auch das Mädchen auf der Bank lag noch mit geöffneten Beinen da und konnte sich anscheinend nicht bewegen.

Mit der Peitsche wurden wir aus der Folterkammer getrieben und mit Fußtritten zurückbefördert in unsere Dunkelkammern. In unserem Raum waren wir plötzlich zu fünft.

Es herrschte gespenstische Stille.

Das Gesehene hatte uns allen die Sprache verschlagen.

Kurze Zeit später wurde noch einmal die Tür aufgestoßen und die zwei missbrauchten Mädchen wurden wie totes Vieh in den Raum geworfen.

Ich legte mich hinter Elena und flüsterte ihr ins Ohr, ich würde jetzt Hilfe anfordern.

Vorsichtig zog ich den Sender mit Mikrofon aus meiner Vagina, nahm die Schutzkappe ab und flüsterte leise:

„Mayday, Mayday. Wir brauchen sofort dringende Hilfe."

Diesen Hilferuf wiederholte ich nur dreimal, um Batteriestrom zu sparen. Wer weiß, vielleicht brauchte ich den Sender noch einmal.

Hinter mir hatte sich anscheinend in Todesangst ein Mädchen an meinen Schultern festgekrallt. Ich hörte nur ihren schnellen Atem.

Fünf Minuten später setzte ich noch einmal den Hilferuf ab.

Dann ertönte plötzlich ein Feueralarm und ich war mir sicher, der Security-Chef würde nun zum Angriff übergehen.

Zwei unbekannte Schergen rissen die Tür auf und prügelten uns hinaus auf den Gang. Ich hob das ausgepeitschte Mädchen auf meine Arme und taumelte auf einen kleinen Innenhof. Elena zog das am Haken vergewaltigte Mädchen hinter sich her, das immer wieder in die Knie ging. Wir waren etwa zwölf Mädchen und Frauen, die in einen Lieferwagen gestoßen wurden.

Es war offensichtlich, dass wir evakuiert wurden. Ein Scherge knallte die zwei Heckflügel zu und verriegelte sie. Dann verließen wir in halsbrecherischem Tempo den Hinterhof der

Tanzbar und jagten irgendwohin. Ich versuchte aus den Türschlitzen zu schauen, um herauszufinden, wohin es ging.

Aber ich konnte nichts erkennen.

Irgendwo mussten wir auf einem Flugfeld abgestellt worden sein. Dann gingen die Türen auf und wir wurden mit Faustschlägen in ein kleines Frachtflugzeug getrieben. Die beiden fast leblosen Mädchen wurden uns hinterhergeworfen.

Kaum war die Ladeluke geschlossen, hörten wir zwei Propellermotoren und wir hoben ab.

Nach etwa 3 Stunden setzten wir zum Lande-anflug an.

Durch einen Schlitz in der Ladeluke hatte ich im Licht des Vollmondes sehen können, dass wir lange über Land geflogen waren. Nach meinem Gefühl musste es gegen Süden gegangen sein. Vor der Landung waren wir für kurze Zeit über eine größere Wasserfläche geflogen, wahrscheinlich das Mittelmeer.

Meine Vermutung war, dass wir entweder auf die Insel Kreta oder nach Zypern geflogen waren.

Als wir aufsetzten und das Flugzeug über die Landebahn rumpelte, konnte ich im frühen

Morgenlicht den Schriftzug *Girne* erkennen. Daneben stand noch Kyrenia, einmal in lateinischer Schrift und einmal wohl in griechischer Schrift. Die griechischen Bezeichnungen waren mit einer Spraydose übersprüht worden, aber noch lesbar.

Ich überlegte:

Wir waren wohl in Zypern, wahrscheinlich im türkischen Teil, weil die griechischen Bezeichnungen übersprüht worden waren.

Etwas abseits des Flugfeldes kamen wir zum Stehen.

Aus dem Frachtraum des Flugzeuges wurden wir direkt in einen Lieferwagen gezerrt. Dort stellte ich mich hinten an die Ladetüren und konnte durch einen Schlitz ein bisschen etwas von der Umgebung erkennen.

Nach einiger Zeit fuhren wir an einer Mauer entlang und warteten. An der Mauer hing ein vergammeltes Schild, auf dem *Villa Paradiso* stand. Dann konnte ich rostige Eisenscharniere hören. Das ließ mich vermuten, dass wir durch ein Tor fuhren.

Nach kurzer Zeit kamen wir zum Stillstand. Wir wurden wie Tiere in einen Kellerraum getrieben.

Ich trug wieder die fast Leblose, die ausgepeitscht worden war und Elena mühte sich mit dem armen Mädchen ab, das der Unhold am Haken hängend missbraucht hatte.

Dann wurde abgesperrt.

Alle hatten sich ängstlich auf den Boden gehockt und warteten auf neue teuflische Einfälle unserer Folterknechte.

Mir war bewusst, dass ich so weit von Warschau entfernt war, dass ich über den eingepflanzten Chip am Oberarm nicht geortet werden konnte.

Deshalb hatte ich mich hinter Elena gekniet, hatte aus meiner Vagina den Sender geholt und leise geflüstert:

„Mayday! Mayday! Wir sind in *Kyrenia/Girne* in der *Villa Paradiso*, höchstwahrscheinlich auf Zypern."

Diesen Spruch setzte ich noch ein paarmal ab und hoffte, dass dieses größere Gerät eine größere Reichweite hatte.

Plötzlich hörte ich über meinen Mini-In-Ear-Kopfhörer ein leichtes Knacken und dann eine leise Stimme, die sagte:

„Wir haben verstanden. Wir haben *Girne* gefunden.

Wir sind auf dem Weg."

Als ich Elena diese Mitteilung ins Ohr flüsterte, konnte sie mir kaum glauben.

Ich hatte das Gefühl, es würde eine Ewigkeit dauern, bis eine Stunde verstrich.

Dann gab es in der fünften Stunde das Geräusch eines Helikopters und kurz darauf einen lauten Knall.

Das mussten Anja, Vanessa, Marjorie und Gina mit ihren Helfern sein!

Ich lief zur Tür und versuchte, den Riegel aufzubrechen.

Plötzlich gab es von außen zwei gewaltige Donnerschläge und das Tor sprang auf.

Kapitel 5

Die Befreiung

Zwei schwarz vermummte Männer eines Spezialkommandos hatten mit einem Rammbock das Portal aufgesprengt.

Sie riefen uns zum sofortigen Verlassen des Raumes auf und wiesen uns in Richtung des Hubschraubers.

Ich wies auf die beiden halbtoten Mädchen und sagte, dass sie jeweils auf einer Trage transportiert werden müssten. Kurze Zeit später wurden zwei Tragen gebracht und die Mädchen abtransportiert.

Wir kamen an zwei schwarz vermummten Kämpfern vorbei. Diese hatten ihre Gewehre auf sechs Männer gerichtet, die am Boden knieten und deren Hände hinter dem Rücken zusammengebunden waren.

Es kamen noch weitere fünf verängstigte Frauen aus dem verfallenen Haus, denen auch der Weg zum Hubschrauber gewiesen wurde, der aussah wie ein *Black Hawk*.

Dann war die Aktion anscheinend beendet, denn alle wurden aufgefordert, in den Hubschrauber einzusteigen. Die sechs gefesselten Männer wurden in eine verhältnismäßig kleine Kabine vor dem Heckrotor gepfercht.

Wir Frauen stiegen alle in der Mitte ein. Die zwei Tragen wurden am Haupteingang abgestellt.

Alle Türen wurden geschlossen und verriegelt, dann hob der Helikopter ab.

Nach einem 10-minütigen Flug landeten wir auf dem großflächigen Rasen einer beeindruckenden Villa.

Als wir ausstiegen, sah ich schon Marjorie, Gina, Anja und Vanessa. Ich nahm Elena bei der Hand und lief ihnen entgegen.

Es gab ein herzliches Wiedersehen und ich empfand eine große Dankbarkeit, dass uns diese Frauen aus dieser fürchterlichen und geradezu ausweglosen Situation befreit hatten.

Marjorie und Gina kümmerten sich auch um die anderen Frauen, vor allem um die zwei verletzten Opfer der teuflischen Demonstration.

Marjorie und Gina teilten allen mit, dass sie nun in Freiheit seien und dass ihnen von nun an nichts mehr passieren könne.

Sie wiesen die Frauen dann in das Nebenhaus ein, in dem es einige Zwei-Bett- und einige Vier-Bett-Zimmer gab.

Die Frauen erhielten Möglichkeiten zu telefonieren.

Elena erhielt eine Videoschaltung zu ihrer Tochter Anna.

Mit Freudentränen in den Augen teilte sie ihrer Tochter mit, dass sie bald wieder bei ihr sein würde.

Zum Glück war sie noch nicht vergewaltigt worden.

Mami freute sich, dass die Befreiung Elenas so glimpflich ausgegangen war.

Zum Glück kannte sie die genaueren Umstände nicht. Ich hatte auch nicht vor, ihr diese zu schildern.

Eine Verbindung zu Elenas Mann in der Ukraine kam leider nicht zu Stande.

Am Abend wurden im Park vor der Villa mehrere Tische zusammengestellt, sodass 25 Personen genügend Platz hatten.

Die Hubschrauber-Einheit verabschiedete sich und flog ab.

Wie ich später erfuhr, hatte die Security-Firma bereits in Warschau versucht, das Nebengebäude der Tanzbar, in dem wir uns befanden, zu stürmen. Der Versuch ging jedoch daneben, weil wir Frauen noch in letzter Minute evakuiert worden waren.

Der Barbesitzer beschuldigte das Security-Unternehmen, seinen guten Ruf geschädigt zu haben. Es konnte ihm keine Zwangsprostitution nachgewiesen werden, weil wir rechtzeitig abtransportiert worden waren. Nun drohte er der Security-Firma mit einer Schadensersatzklage.

Ich war gerne bereit, für die Security-Firma als Zeugin aufzutreten.

Nachdem der Befreiungsversuch in Warschau gescheitert war, wusste man für viele Stunden nicht, wo wir uns aufhielten.

Erst als mein Hilferuf aus Zypern sehr schwach und kaum verständlich einging, konnte eine neue Offensive gestartet werden.

Azad, der über die einzelnen Schritte unserer Befreiung informiert worden war, entschloss sich zu einem entschiedenen Eingreifen, denn die Situation schien so zu sein, dass wir diesmal nicht mit Tricks das Problem lösen konnten. Außerdem drängte die Zeit.

Er beauftragte über Freunde eine schnelle Eingreiftruppe in Zypern, die ohne Verzögerung mit militärischen Methoden vorgehen sollte.

Diese Männer hatten uns dann befreit.

Als ich davon erfuhr, rief ich sofort Azad an und bedankte mich sehr, sehr herzlich für die Rettung in nahezu letzter Minute. Ich konnte seiner Stimme entnehmen, dass er sehr stolz war, Elena und mir und auch den anderen Frauen mit einem Radikalschlag geholfen zu haben.

Jetzt war er es gewesen, der einer *Kämpferin gegen den IS*, einem *Ehrenmitglied der Navy Seals* und einer *Heldin der Ukraine* geholfen hatte.

Ich versprach ihm eine Extra-Umarmung beim nächsten Besuch in Halifax.

Als wir dann am Abend alle an dem großen Tisch beisammensaßen, erhob ich mich und sagte in Englisch zu allen Beteiligten:

„Dass wir hier und heute wieder in Freiheit sind, das verdanken wir einem fantastischen Mann in Kanada, dessen Frau heute bei uns am Tisch sitzt."

Ich sprach Gina persönlich an:

„Liebe Gina, du hast einen wundervollen Mann geheiratet. Du kannst dich glücklich schätzen. Er ist für uns alle am Tisch hier ein Held. Ohne ihn wären wir in größte Schwierigkeiten geraten. Azad hat sich nicht gescheut, von Kanada aus einem teuren militärischen Schlag gegen Menschenhändler zu organisieren. Mit dieser Aktion hat er uns das Leben gerettet.

Es ist übel, in die Hände von so satanischen Menschen zu geraten.

Ich wünsche allen betroffenen Frauen hier, dass sie eines Tages wieder lachen und sich freuen können.

Ich bin auch der Überzeugung, dass die Mächte des Himmels ganz erheblich zu unserer Befreiung beigetragen haben.

Dafür möchte ich mich bedanken."

Eine junge Frau war aufgestanden und hatte meine kurze Rede ins Ukrainische übersetzt, denn auch sie ging davon aus, dass es sich bei den Entführten nahezu vollständig um Ukrainerinnen handelte.

Die meisten jungen Frauen aßen still und in sich gekehrt. Sie waren gerade der Hölle entronnen und hatten Schwierigkeiten zu glauben, in Sicherheit zu sein.

Nach dem Essen machten sich alle Befreiten still auf den Weg ins Bett.

Am Schluss saßen nur noch Marjorie, Gina, Anja, Vanessa, Elena und ich am Tisch. Auch wir hoben bald die Runde auf, denn irgendwie war uns allen nicht nach großen Gesprächen zumute.

Bevor wir zu Bett gingen, besuchten wir noch die beiden missbrauchten Opfer. Marjorie flüsterte mir ins Ohr, dass die beiden Morphium bekommen hatten, um sie etwas zu beruhigen und die Schmerzen zu lindern.

Sie gab jeder noch einmal etwas Morphium für die Nacht, damit sie entspannter durchschlafen konnten.

Ich hatte Marjorie und Gina von der fürchterlichen Demonstration berichtet, insofern wussten sie Bescheid, welche Höllenqualen diese beiden Mädchen hatten erleiden müssen.

Anja, Vanessa, Elena und ich schliefen in einem Raum mit vier Betten. Es war wichtig, dass Elena bei uns war und sich sicher fühlte.

Am nächsten Tag teilten mir Marjorie und Gina mit, dass wir uns im griechischen Teil Zyperns befanden. Unter dem türkischen Präsidenten Erdogan waren die Rechte der Frauen erheblich eingeschränkt worden, aus diesem Grund nutzen Mädchenhändler den türkischen Teil Zyperns, weil ihnen dort für Frauenhandel zumeist kaum Strafe drohte und weil sie hier ungestörter operieren konnten.

Das Helikopterteam hatte uns vom türkisch besetzten Teil Zyperns in den griechischen Abschnitt geflogen.

Die Villa gehörte einem reichen Ehepaar, das gerne Gäste um sich hatte. Deshalb gab es neben der großen Villa auch ein großzügiges Gästehaus, in dem nun alle Frauen untergebracht werden konnten.

Diese Eheleute waren gute Freunde von Marjorie und Gina und aus diesem Grund hatten sie das Anwesen für die Rettungsaktion zur Verfügung gestellt, nachdem sie selbst nicht anwesend waren.

Am übernächsten Tag fuhren wir mit einem Kleinbus zum Flughafen in Larnaka. Von dort ging es weiter nach Frankfurt.

In Frankfurt konnte jedes Mitglied unserer Gruppe entscheiden, ob es mit Marjorie und Gina nach Kanada weitergehen sollte oder nicht. Einige entschieden sich für Kanada. Die meisten blieben in Deutschland, weil sie hier Verwandte hatten, die sie abholen wollten.

Elena entschied sich natürlich für meine Familie, weil sie schon sehnsüchtig darauf wartete, ihre Tochter Anna wieder in die Arme zu schließen.

So flogen Marjorie und Gina mit einigen jungen Frauen weiter nach Kanada, wo sie in einem Frauenhaus untergebracht werden sollten, bis sie sich stabil genug fühlten, wieder zu ihren Familien in ihren Heimatländern zurückzukehren.

Anja, Vanessa und ich bedankten uns sehr herzlich bei Marjorie und Gina und wir versprachen, bald wieder zu Besuch nach Kanada zu kommen.

Sie sollten auch Azad unseren herzlichsten Dank für sein entschiedenes und lebensrettendes Eingreifen übermitteln.

Damit war die Aktion fürs Erste beendet.

Als die letzte der jungen Frauen abgeholt worden war, machten auch wir uns auf den Heimweg.

Kapitel 6

Wieder zurück im Schwarzwald

Anja, Vanessa, Elena und ich fuhren mit dem ICE nach Offenburg.

Am Bahnhof warteten schon Mami, Anna, Marco und Carina und die Mutter Anjas. Es gab ein ergreifendes Wiedersehen mit Elena und ihrer Tochter.

Zum Glück wusste Anna nicht, wo ihre Mutter in der Zwischenzeit gewesen war.

Als wir nach Gengenbach kamen, gab es erst mal ein gutes Mittagessen.

Elena hat in der Zwischenzeit versucht, ihren Mann zu sprechen, aber es war noch immer keine Verbindung möglich. Sie hoffte nur, dass ihm nichts passiert war.

Am nächsten Tag erreichte sie ihn, erzählte aber vorerst nichts von der Entführung, um ihn nicht zu beunruhigen.

Ich begab mich schon am Vormittag in die Schule, um den Direktor über die Rückkehr von Elena zu unterrichten. Ich beschrieb ihm die Umstände der Befreiung, die er sich höchst erstaunt anhörte. Einer Weiterbeschäftigung Elenas in der Schule stand zum Glück nichts im Wege.

Einen Tag später traf Daddy ein. Er war über die Situation informiert und nickte nachdenklich. Zum Glück war alles noch einmal gut ausgegangen.

Gina hatte mir den Auftrag gegeben, für Elenas Sicherheit ein Elektroauto zu kaufen. Sie würde mir den Kaufbetrag auf mein Konto in Kanada überweisen.

Daddy begleitete uns nach Offenburg, wo wir ein schönes, mittelgroßes Fahrzeug fanden, das uns allen gefiel. Elena sollte auf keinen Fall mehr allein mit dem Fahrrad in die Schule fahren.

Außerdem bekam sie ein elektronisches Amulett an einer Halskette, mit dem sie jederzeit Alarm auslösen und auch geortet werden konnte.

Einen Tag später fuhr ich mit Anja interessehalber zur Polizei und fragte nach, wie weit die Nachforschungen im Falle der entführten Elena gediehen seien. Der Beamte brauchte erst einige Zeit, bis er diesen Vorgang herausgesucht hatte. Dann überflog er ihn kurz und meinte dann, Auskunft darüber könne er leider keine geben, aber so, wie sich die Sachlage darstellte, sei ein Antrag an die polnische Polizei geschickt worden, diesen Fall dort zu untersuchen.

Wir bedankten uns für diese Information und verließen die Polizeistation.

Wenn wir diesen Fall der deutschen Polizei überlassen hätten, dann wäre immer noch nichts Gravierendes geschehen und Elena in der Hölle der Unterwelt verschwunden.

Mich drängte es, im Anschluss an dieses Gespräch, eine Kirche zu besuchen, um mich bei den höheren Mächten zu bedanken, dass Elena so schnell gefunden und befreit werden konnte.

Ich hoffte nur, dass vielen ukrainischen Asylantinnen derartige Horrorszenarien erspart blieben.

Zwei Monate später flogen Anja und ich nach Warschau, denn dort hatte der Prozess des Barbesitzers gegen die Security-Firma wegen Geschäftsschädigung begonnen.

Unsere Aussagen retteten das Sicherheits-unternehmen, aber ich konnte sehen, dass uns der Richter nur widerwillig recht gab.

Als wir eine Verurteilung von Leszek, dem Kidnapper von Elena, verlangten, verschob das Gericht eine Behandlung dieses Falles, denn es war offensichtlich, dass zu viele Politiker in die Vorgänge in diesen Bars verwickelt waren.

Mit fünf Mitarbeitern der Sicherheitsfirma fuhren wir am Vormittag zum Wohnort Leszeks. Dort erhielten Anja und ich jeweils ein Blasrohr mit einem Pfeil zur Betäubung. Wir schlichen uns leise an und entdeckten ihn in seinem Haus, als er gerade mit seinen beiden satanischen Kumpels unter einem Sonnenschirm den Nachmittags-kaffee trank.

Wir schossen zuerst unsere Pfeile ab. Die Getroffenen sprangen sofort auf und beobachteten die Umgebung. Einer riss sich den Pfeil von der Schulter. Die beiden anderen hatten die Pfeile im Rücken und konnten sie nicht gleich entfernen.

Die fünf Mitarbeiter der Sicherheitsfirma hatten größte Mühe, die drei zu überwältigen, denn das Betäubungsmittel wirkte nicht gleich. Es dauerte einige Zeit, bis es ihnen gelang, diesen Unmenschen Handschellen anzulegen.

Einigermaßen betäubt brachten wir sie nach einer einstündigen Fahrt zu einem Grenzübergang zur Ukraine und übergaben sie an ein ukrainisches Security-Team, das vorher schon informiert worden war und das wusste, dass diese Männer ukrainische Flüchtlings-Frauen entführt und in die Prostitution gezwungen hatten.

Was weiter mit ihnen geschah, entzog sich unserer Kenntnis. Aber wir hatten das Gefühl, dass sie in die richtigen Hände geraten waren. Wir wussten natürlich, dass unsere Aktion nicht rechtsstaatlich und legal gewesen war.

Hätten wir aber diesen Fall der Polizei übergeben, wäre er wohl irgendwo in den Akten verschwunden.

Ernüchtert flogen wir wieder zurück nach Frankfurt. Von dort aus ging es weiter in den Schwarzwald.

Wir bemühten uns sehr um Elena, damit sie ihre Entführung verarbeiten konnte, aber wir spürten, dass dieses Kidnapping tiefe seelische Narben hinterlassen hatte.

Trotzdem fühlte sie sich bei uns gut aufgehoben und sicherer als im Augenblick in der Ukraine.

Das neue Elektroauto vermittelte ihr auf dem Weg zur Schule ein zusätzliches Gefühl, geschützt zu sein.

Als freie Journalistin recherchierte ich noch einige Fälle von Entführungen von Flüchtlingsfrauen aus der Ukraine. Es war übel und menschenverachtend, was sich in diesem Bereich abspielte.

Daddy gab meinen Bericht an einen befreundeten Polizeipräsidenten weiter, der versprach, sich um dieses Thema zu kümmern.

Ich erzählte Elena nichts von meinen Nachforschungen, um sie nicht weiter zu verunsichern.

Aber mit Anja unterhielt ich mich ab und zu über diese Vorgänge und es war geradezu dramatisch, welche Szenen sich in dieser Hinsicht ereigneten. So, wie es aussah, wurden meine Artikel in verschiedenen Medien mit Interesse gelesen, aber meine Forderung, eine spezielle Eingreiftruppe gegen die Entführungen dieser jungen Frauen zu bilden, fand vorerst keine Resonanz.

Es ist eine Schande, junge asylsuchende Frauen im Stich zu lassen und sie dem brutalen Mädchenhandel auszuliefern!
Und das mitten in Europa!

Sollte das Taschenbuch als Lektüre genutzt werden, dann wäre es hilfreich, über die folgenden Fragen ein tieferes Verständnis für die vorliegende Thematik zu gewinnen.

Fragenkatalog zu Buch 7

Die Entführung

1. Wieso gibt es in der freien Welt immer wieder Menschen, die die Politik Putins unterstützen, obwohl sie Zugang zu vielen freien und kritischen Medien haben?

2. Viele Russen halten den früheren Präsidenten Gorbatschow für einen Zerstörer Russlands. Stimmt diese Einschätzung?

3. Die Mehrzahl der Flüchtlinge aus der Ukraine sind junge Mütter mit ihren Kindern. Versuche durch eine Internetrecherche die Zahl dieser jungen Frauen herauszufinden.

4. Welche Gefahr droht jungen geflüchteten Ukrainerinnen im Westen?

5. Welche Möglichkeiten gibt es, junge geflüchtete Ukrainerinnen besser zu schützen?

6. Suche im Internet nach Fällen des sexuellen Missbrauchs an ukrainischen Frauen.

7. Wie gelang es Mara, sich nach dem Flug nach Zypern zu orientieren?

8. Warum waren unter den entführten Frauen viele Ukrainerinnen?

9. Wie viele Ukrainer haben wegen des Krieges ihr Land verlassen?

10. Welches europäische Land hat die meisten ukrainischen Flüchtlinge aufgenommen?

11. Welches europäische Land hat die wenigsten ukrainischen Flüchtlinge aufgenommen?

12. Welche Rolle spielen Frauen in der ukrainischen Armee?

13. Welche Organisationen verbergen sich hinter den Kürzeln *KGB* und *FSB*?

14. Was kann der Westen tun, damit die Ukraine ihre territoriale Integrität wieder zurückbekommt?

Impressum

Bibliografische Information der Deutschen Nationalbibliothek:
Die Deutsche Nationalbibliothek verzeichnet diese Publikation
in der Deutschen Nationalbibliografie; detaillierte
bibliografische Daten sind im Internet über http://dnb.dnb.de
abrufbar.

weitere Mitwirkende:

Grafik und Satz: mg Marktgespür GmbH

Titelbild: Adobe Stock 10518335

Herstellung und Verlag: BoD – Books on Demand,
Norderstedt

ISBN: 9783746093659